KB062251

불안이
춤추는 바람에
여기까지
오셨군요

이지은 에세이 시집

목차

제 2부 | # 춤추는 바람에

제 3부

여기까지 오셨군요

당신의 불안이 춤추는 바람에 여기까지 오셨군요.

힘든 일은 언제나 떼로 몰려오고
어두운 밤과 하얀 새벽 속에
우린 그저 하염없이 장작을 팹니다
그리고 마음속으로 들어가 작은 불을 붙입니다.
잠시 눈을 붙인 사이에
불안은 불꽃 따라 이리저리 마음대로 춤을 추다가
점점 더 덩치가 커지더니 나를 집어삼키려 하고 있고
날 보호해주던 내 마음도 어디론가 사라졌습니다.

다시 장작을 패는 일도
다시 불꽃을 피우는 일도
다시 내 마음을 돌보는 것도

어느 것도, 아무것도 할 수가 없는 나만 남아있습니다

그래도 여기까지 잘 오셨습니다.
그 과정에서 혼자였다면 정말 힘드셨을 텐데요.
겁에 질려 도망가 버린 마음을 같이 찾아봅시다.
찾았다면 너무 뭐라고 하지 말고 얘기합시다.
정말 보고 싶었다고, 고생했다고,
다시 돌아와 줘서 고맙다고요
앞으로는 그 무엇보다 나의 마음을
먼저 돌보겠다고 말해줍시다
그리고 꽉 안아줍시다.
그리고 꽉 안아줍시다.

제 1장

불안이

물개

내 방엔 물개가 한 마리가 살지.
요즘엔 물고기를 너무 많이 줘서
배가 **빵빵**하고 두 앞다리는
더 짧아 보여 걱정이라네.

이것이 몇 번이나 수영장을 끊어 놓고는
첫 날만 가고 안 가기를 반복하더니
이제 수영장 끊어달라는 소리도 하지 못하더군.
빨리 헤엄을 쳐서 바다로 나가야 하는데
나 혼자 살기도 좁디좁은 이 집에서
내보내야 되는데 말이야.

그런데 알고 보니
물개를 나만 키우는 게 아니더군.

사람들이 속삭이듯 말하더라고
그 망할 물개 사실 나도 키우고 있다고.

마음만큼은
넓고 푸른 바다로 헤엄쳐 나가고 싶지만
이내 좌절하고 포기해버리는 물개들,
그렇게 신세한탄으로 하루를 흘려보내지.

근데 말이야.
난 이제 나보다 덩치가 커진 그 물개를
어떻게 해야 할지 모르겠다네.
나는 역시나 좋은 엄마는 아닌 것 같고
내 마음 같지 않을 땐 그 아이를 가끔 모른 척 한다네.

먼저 바다에 도착한 힘찬 물개들이여!
3면 어느 바다도 잘 보이지 않는 산 중턱에서
비집고 살고 있는 아이를 위해
살이 찔수록 메말라가는 아이를 위해
가끔은 작은 파도를 보내주면 참 고맙겠네.
작은 물결이라도 참 고맙겠네.

둥근 원이 되기로 결심한 순간

내가 모난 부분
모가 난 것으로 부족해 뾰족해져
그것이 다른 사람 가슴에 박힐 때
나는 내 몸을 깎으리라 결심했다.

하지만 열심히 깎다 보니
어느새 난
별로 보이지 않았고
반짝이지도 않았다.

그렇게 나는 사람들이 말하는 둥근 사람이 되었고
잠시 주변 시선의 따뜻함에 취할 즈음
어느새
내 몸은 희미해져 있었고

시간이 점점 지날수록
나의 얼굴
나의 팔
나의 다리가 사라졌다.
별이 원이 되었다.

주위엔
개성이 사라진
둥근 원들이 내 옆을 가득 채웠다.

나는 이제 혼자서는
가만히 서 있지도 못하는
그런 원이 된 것이다.

1평짜리 지진

일상이 짐이 되어 어깨를 누르고
상상 그 이상의 질량의 무게 추가
머리부터 발끝까지 나를 누른다.
나는 도저히 버티지 못해 바닥에 납작 엎드려
몸을 최대한 웅크리지만
언제 끝날지 모르는 지진에 정신이 혼미해진다.

내가 나를 진정시키려
상담사한테 배운 심호흡도 해보고
항상 소지하고 있는 알약도 먹어보지만
언제나 그랬듯 약은 결정적인 순간에
말을 듣지 않는다.

모두가 말한다.

지금 네가 있는 1평도 안 되는 공간에서만
지진이 난 거라고.
그저 거기서 걸어 나오면 되는 거라고.
무서우면 날 일으켜주고 손잡아 주겠다고 한다.
그렇게 쉽게 말하는 한 걸음의 권유가
나에게는 에베레스트 산을 등반하자는 말보다
더 멀게 느껴진다.
어제의 내가 어떻게 평범히 하루를 살았는지
의문스러울 정도로 삶의 방법을 모두 잃어버린 것처럼
온몸이 굳어버린다.

시간이 지나
지진이 멈추었다 다시 일어났다를 반복한다.
그 시간과 간격은 누구도 알 수 없다. 여진이다.
나만 느낄 수 있는 작은 여진들이 산발적으로 일어난다.
하지만 다른 사람들에겐
여진 따위는 보이지 않는다. 보려고 하지 않는다.
왜냐하면 그들은 이미 많이 지쳤기 때문이다.
아픈 사람의 옆에서 그 사람이 한 걸음을 떼기를
기도하고 응원하는 것은
아기가 처음 발을 떼는 걸 기대하는 것과는

너무나 다르다.

나의 몸이 땅속으로 거의 묻힌 상태가 될 무렵,
남들처럼 나도 나에게 많이 지친 상태가 된다.
이젠 구해달라고 소리치는 것이
얼마나 의미 없는 짓인지를 안다.
내가 아무리 소리쳐도 웅웅거리는 소리로
사람들의 귀까지 도착하기 전에
더 작은 파동으로 사라져 버릴 것이다.

사실 아무도 모르지만,
1평짜리 지진 속 그 바보 같은 사람은
한 번의 내딛음을 위해 천 번 만 번의
제자리걸음을 연습했다.
그러면 그럴수록 안으로 더 빠져 들어가는지도 모르고
그저 자신을 다그치며 그런 자신을 혐오하며
땅속으로 깊게 더 깊게만 빠져 들어갔다.
사실 아무도 모르지만.

우울감나무

우울이 터진다
벅차오른다
어딜 오르고 있나
내려가고 있나
서 있나 땅만 보고 있나
떠있긴 한 건가

어지러운 마음을 내 멋대로 쓸어 담아
몇 글자로 녹여
정의하려 한다는 게
정리하려 한다는 게

우울이 짓무른다
묻는다

거기 아래 살만하냐고

나는 아무 대답도 하지 못한다
난 그저 아무도 모르게
나무 밑에 누워서
떨어지는 감을 맞고 있을 뿐이다

그들은 거기에 있었다.

어떤 사람은 본인을 잃고 다른 모습으로
어떤 사람은 감정을 잃고 넋이 나간 채로
어떤 사람은 본인이 아프다는 사실을 잊은 채로
울먹이며
어떤 사람은 아팠던 모든 것을 하나하나 기억하며
그들은 거기에 있었다.

어쩌면
세상 사람들이 제일 무서워하는 모습으로
세상에서 가장 안전하면서도 무서운 곳에
그들은 거기에 있었다.

교수가 회진할 때 쪼르르 쫓아다니면서
우리의 상태를 관찰하는 레지던트 얼굴들이

너무나 고상해서
우스우리만큼 진지해서
참을 수 없을 만큼 화가 나도
그들은 거기에 있었다.

시간이 지날수록
내가 아파서 이런 증상이 나타나는 건지
이런 증상들이 날 아프게 하는 건지
인과관계가 희미해지고
그저 더 큰 안정제로 뇌를 죽이고 싶은
그들이 거기에 있었다.

그들이 모여서 할 수 있는 것은 별로 없었다.
짧은 시간 안에 서로의 밑바닥을 보게 되자
더 이상 숨길 것이 없어진 그들은
한두 명씩 그저 털어놓았다.
나 이렇게 아팠다고.
태어나서 처음으로
나의 아픔을
나의 외로움을
나의 마음속 칼날을

나의 마음속 구멍을
이해받았다.

그토록 이해받고 싶었던 마음이었다.
그토록 바라고 바라왔던 일이
내 삶의 낭떠러지 끝자락에서 이뤄졌다.

그들은 거기에 있었다.
새벽에 다가올 괴물들을 물리치기 위해
서로의 손을 잡은 채 숨을 죽이고
그들은 거기에 있었다.

그 마음 하나로도 모든 것을 버리고
견딜 수 있었던 그들은 거기에 있었다.

고해성사(confess)

나는 무서워요.
나는 외로워요.
나는 그간 계속 외로웠어요.
아닌 척하느라 힘들었어요.

평생 모른척하면서
살 수 있을지 알았어요.
근데 그걸 할 수 없다는 걸 깨달았을 때
나는 무너졌어요.

나는 정말 무서워요.
아무것도 아닌 일조차 할 수가 없음에
두려움과 불안감이 커져요.
이러다간 정말 집 밖으로 한 발자국도

못 나갈 것 같은 기분이에요.

이 집에서 죽겠죠.

이 집에서 썩겠죠.

아무렇지 않은 척 스스로를 깨어가면서 살아왔는데

지금은 전혀 그렇게 되지 않아요.

앞으로 한 발자국도 나갈 수가 없어요.

힘들어요.

도와줘요.

알아요.

도와줄 사람 많지 않지만 또 적지 않다는 것을 알아요.

하지만 나는 말할 수가 없어요.

너무나 많은 베일에 싸이고 싸여서 이젠 정말로

내가 누군지 모르겠어요.

누군지도 모르는 사람을 설명하는 것만큼

어려운 건 없죠.

나는요.

그저 물을 좋아해요.

그러면서도 물을 무서워해요.

그저 사람을 좋아해요.

그러면서도 사람을 무서워해요.

참 어렵네요.

나는 내가 불쌍하다고 생각하지만

서럽다고 느끼지만

사실 그만 좀 징징댔으면 좋겠어요.

남들처럼

그 남들이 누군지도 모르겠지만

그런 남들처럼 그저 삶을 살았으면 좋겠어요.

과거가 나의 발목을 잡고

내가 과거의 발목을 잡는다는 것을 알고 있어요.

나는 길을 잃었어요.

삶이 삶처럼 잘 돌아갈 땐

'왜'라는 걸 캐묻지 않죠.

근데 제 머릿속에선 머리통이 터질 만큼

'왜'를 찾고 있어요.

왜 내가 행복해야 하지?

행복하려고 사는 거니까

근데 왜 행복하려고 살아야 하지?

난 살기가 너무 힘든데…

거짓말인 게 티가 나나요?

행복의 감정은 느끼고 싶지만 지금은 그럴 수가 없어요.

나의 행복을 위해 내가 나를 제일 먼저 위해줘야 하는데

지금껏 그렇게 살아왔다고 생각했는데…

나는 왜 눈물이 멈추지 않을까요?

새벽 아침

새벽과 싸워가며
간신히 아침에 도착한 나
눈 뜰 수도 없고
눈 감을 수도 없다

엄마가 일어났나보다
부스럭부스럭
소리가 난다
나의 청각세포도 예민해지기 시작한다
엄마는
양치하고 세수하고
머리 감고 샤워하고
밥을 짓고
국을 끓이고

반찬을 만든다
코에 다가오는 참기름 냄새

그렇게 다 해놓고
한숨을 깊게 쉬며 집을 나선다

저 한숨은 나를 향한
꾸짖음
저 한숨은 나를 향한
실망감과
답답함
화남과
슬픔

없는 아빠

나에겐 아빠가 없지만
마음 저 모퉁이에 서서 하루 종일 아빠를 기다린다.
"아빠!"라고 부를 수 있는 사람.
그저 나에게 '아빠' 두 글자로 존재할 수 있는 사람.

따뜻한 아빠도 말고 다정한 아빠도 말고
그런 것까지 바라면 너무 큰 욕심이라는 걸 나도 잘 안다.

엄마가 너무 좋지만 엄마가 너무 미울 때
오빠가 안 그래도 싫은데 오빠를 경멸하게 될 때
내가 아무런 생각 없이 남들의 반응 같은 거
눈치보지 않고 막 조잘조잘 얘기할 때
그저 가만히 들어주는 아빠가 있다면 얼마나 좋을까.

다른 집 아빠의 존재를 부러워하지 않으려고
안간힘을 써온 지난날들이 무색할 정도로
요즘 따라 없는 아빠가 보고 싶다.
그저 아빠가 보고 싶다.
아빠가 보고 싶다.
눈물 나게 보고 싶다.

이 그리움의 끝에
이 그리움을 끝낼 수 있을까.

나는 없는 아빠를 그리워하는 걸까.
같이한 25년의 세월 중
단 한순간도 좋은 기억을 떠올릴 수 없는
아빠를 그리워하는 걸까.

소음 전쟁

사각사각 샤프소리
3색 볼펜 지겹도록 색을 바꾸는 까-딱 까-딱 소리
지-익 지퍼 올리는 소리
쓰-깍 쓰-깍 형광펜 쓰는 소리
토-탁 토-탁 여긴 '노트북실이 아니고 열람실인데
누가 노트북을 가져온 거야?'
독서실 책상의 촌스러운 나무 연갈색 벽을 두고
내 앞 옆 뒤 대각선 대대각선 앞앞 옆옆 뒤뒤 등등까지
신경전을 벌인다.

언제부터 청각이 이렇게 예민해진 건지는 모르겠지만
저 대각선 여자인지 남자인지 모르는 사람이
칼로 연필을 깎는데 그 스걱-스걱 소리가
얼마나 나의 귀를 고통스럽게 하는지를 모르겠다.

'적당히 해라, 정도껏 해라,
이제 그만할 때도 되지 않았니?'
내 마음속으로 수도 없이 경고를 보낸다.
나의 필살기인 기분 나쁨의 공기를 잔뜩 담아
한숨을 쉬고 헛기침도 여러 번 해준다.
이래도 네가 그 연필을 계속 깎겠다면
'넌 진짜 죽었어'

최후통첩은 네모 세상에서 이뤄진다.
형광색 포스트잇에 굵은 펜으로 쓴다.
'연필 깎는 것은 나가서 하세요, 매너를 지켜주세요'
마치 전쟁 선포처럼 내 심장도 엄청 급하게 뛴다.
나는 화장실 가는 척 독서실 중문에
포스트잇을 붙여본다.

잠깐 자리를 비운 사이
내 메모 옆에 새로운 포스트잇이 붙여져 있다.
'43번님 텀블러 좀 살살 놔주세요. 책상이 울립니다.
그리고 얼음 계속 씹는 건
좀 너무하다 생각하시지 않나요?

그것도 이 겨울에…

본인 건강 생각해서라도 자중해주세요.'

띠용 내 자리는 43번

텀블러에 얼음물을 잔뜩 따라 마시기는 했는데,

이게 왜 잘못된 거야? 나는 물도 못 마셔?

독서실 총무한테 얘기하러 가야 하나?

아니, 그 사람 눈치 채고 이러는 건가?

에이씨, 오늘 공부는 글렀고

아이씨, 어떻게 복수해야 하지?

에이씨, 일단 코인 노래방이나 가야겠다.

나의 슬럼프 고백

힘든 날이 겹쳐오더니 또 이렇게 리듬이 무너지나 싶을
때 슬럼프라는 기가 막히게 딱 떨어지는 이유가 생긴 것
뿐이었다.

나는 그것을 집요하리만큼 파고들었고
그 몇 장면에 나의 시나리오를 모두 욱여넣더니,
결국엔 나 스스로를 집에 가둬버렸다.
주인공이 없어진 영화는 점점 이상해졌다.

나는 출중했던 거짓말 실력으로
내 스스로를 완벽하게 속여 냈다.
나는 나에게 속은 것을 아는지 모르는지,
알면서도 모르는 척하는 것인지 분간되지 않았다.
평소 나에 대한 잣대가 엄격했던 나는,

스스로를 제일 힘든 사람이라고 칭해버리자
이상하게 펼쳐진 필름 위 장면들이
자연스럽게 느껴졌다.

정확히 말하자면 내가 느낀 감정이 거짓은 아니었다.
하지만 그렇게 화산처럼 분출되지 않아도
될 감정이었다는 것을 인정하며,
난 분출시키지 않을 수도 있었다.
그런데 그렇게 했다.
왜냐면 나는 그러고 싶었다.
감정이 나를 그렇게 하라고 시킨 것이 아니라,
내가 그러고 싶은 것에 내 감정을
이용했을지도 모르겠다.

순간순간 나를 웃겨줄 수 있는 볼거리에 빠져들어 가고,
그 시간이 지나면 외로움의 고통에서 헤어 나올 수 없어
또 다른 컨텐츠를 찾아 헤맸다.
그렇게 모든 것을 잊을 수 있다고 착각했던 나는
멈춰버린 장면의 끝에서 정말 갈 길을 잃었다.
허우적댔다.
드라마 한 편을 보고 나면 그 다음 편으로 넘어가는

그 몇 초의 순간들이 너무 괴로워서
나의 따끔한 생각들이 좀비 떼처럼 몰려와
저 견고하게 닫힌 내 문을 뚫고 들어올 것 같아서
그때만큼은 누구보다 빠르게 화면을 움직여
나의 시선을 고정시켰다.

문득 내가 왜 이 드라마를 맹목적으로 보고 있는지
의문이 들었다.
지금 나는 왜 이렇게 누워있으며,
내일도 누워있을 것이며, 모레도 그럴 것인지.
나는 꿈도 야망도 욕심도 많은 사람인데 말이다.

그러다가 나는 내가 이 슬럼프에서 빠져나올
욕구가 그렇게 크지 않음을 깨달았다.
항상 외로움에 허덕이고 패배감에 절어 살았지만,
그냥 놀고먹고 있다는 그 편안함에
내가 취해있다는 것을 느낀 걸까?
내 마음은 절대 아니라고 주장하지만
현재의 나는, 어제의 나는, 내일의 나는
그렇다고 자백하고 있었다.

입장 차이

엄마는 딸 방을 청소하고도 욕을 먹습니다.
딸은 엄마가 자꾸 내 물건들을 감시하는 것 같아
기분이 나쁩니다.
엄마는 해줘도 지랄이라고 생각합니다.

딸은 엄마가 본인의 할 말만 한다고 생각합니다.
도대체 딸 감정에는 아무런 관심도 없습니다.
엄마는 딸이 힘들어 보여서 "괜찮니"라는
한마디를 하고 싶지만
언제 터질지 모르는 딸이기에
조용히 마음속으로 응원합니다.
그것이 딸을 위하는 것이라 생각합니다.
딸은 힘들었을 때를 기억하며
그때가 살면서 제일 서러웠다고 말합니다.

힘들 때 엄마가 자신을 투명인간
취급했다고 생각합니다.

엄마는 갱년기라서 감정이 올라갔다 내려갔다를
수십 번 반복합니다.
그래도 모두 겪는 일이라 생각하고
내색하지 않으려고 하지만
조금만 감정이 상해도 온 얼굴이 빨개지면서
화를 참을 수가 없습니다.
딸은 요즘 엄마가 이상해서 자꾸만 피하게 됩니다.
엄마는 딸한테 불만이 많습니다. 원래 갱년기 때
자녀들이 여행도 보내주고
임영웅 콘서트도 보내준다는데 우리 애들은
그런 것에 대한 언급이 전혀 없습니다.
본인들 물건 찾을 때만 엄마를 찾습니다.
"엄마 빨리 찾아줘"라며 보챌 때
엄마는 꼭 이 집안의 식모 같다는 생각이 듭니다.
엄마는 갑자기 주저앉아 서럽게 웁니다.
딸은 당황스럽기만 한 이 상황에서 눈치를 보며
자기 옷을 찾아 외출을 합니다.
그렇게 모녀의 장면은 반복됩니다.

작전명 : 더 레드 오브 레드

지금 다니는 정신과에 조금 더 참고 다녔다가는
오히려 병을 더 얻을 것 같아서 난 병원을 바꾸기로
결정했다.
너무 힘든 결정이었다.
집 밖도 잘 나가지 못하는 나에게
새로운 길 찾기, 새로운 계단, 새로운 대기실,
새로운 간호사,
새로운 의사는 엄청난 압박으로 다가와
잠자기 위한 마지막 에너지마저 다 뺏어가 버렸다.

그래도 이 불안을 잠재울 수 있다면 어디든 못 가볼까.
며칠을 뜬눈으로 밤을 새우고
몇 주 걸려 예약한 새 병원에 도착했다.

기대 반 걱정 반으로 들어선 진료실에서는
어떤 여자가 앉아있었고 그녀는 의사로 보였다.
그 여자는 나에게 어떻게 전 병원에서 여기로
오게 되었는지 물었고,
'의사와 의사소통이 잘 안 됐다'라는 대답을 들은 후에는
더욱더 시니컬하게 나의 경제적 활동 상태를 물었다.
내가 휴직을 하고 있다고 하자
그럼 본인이 휴직이 끝날 때까지 병을 고쳐줘야
하는 거냐며
내 얘기를 들어 봤을 때 그건 어려울 것 같다며
얘기는 이쯤 하자고 했다.
할 말 다 했으니 눈치 있게 나가라는 뜻이었다.

진료를 거부당했다.
그럼 나는 어떡하냐고 물어보니
전 병원으로 돌아가라는 말만 반복했다.

치료하기 쉬운 환자만 받는 건가 싶기도 하고
내가 그렇게 곪고 곪아 감당하기 싫은
환자인가 싶기도 했다.

물론 그 의사라는 사람이 또라이라고
생각하는 것이 내 정신 건강에 좋겠지만
난 이미 너무 힘든 상태였으므로
이 사건은 두고두고 나를 괴롭혔다.

코드명 : 더 레드 오브 레드
작전명 : 치료 불가 치료 불가 후.퇴.하.라.

이건 소설이 아니다. 막장 드라마도 아니다.
2021년 대한민국 경기도에 사는 사람의 실화다.

제 2장

춤추는 바람에

자기소개서

안녕하세요.
자기소개를 시작하겠습니다.

저는 무엇이든 할 수 있는 것처럼 떠벌리지만
사실 어떤 것도 제대로 못합니다.
저는 신나는 며칠을 보내고 나면 한동안은
극심한 우울감에 빠집니다.
저는 외모 콤플렉스가 있어서 사람들의
시선에 예민합니다.
저는 엄마 돈을 훔친 적도 있고, 거짓 눈물도
많이 흘렸습니다.
저는 책임이 두렵습니다.
저는 순간의 허무함에 빠져 인생을
놓아버리기도 합니다.

46

저는 가끔 아무 이유도 없이 화가 나서 혼란스럽습니다.
저는 살찐 상태를 혐오하면서 다이어트는 뒷전입니다.
저는 평온하다가도 욱하는 무언가가 있습니다.
저는 그런 제가 무섭습니다.

숨 한번 쉬지 않고 써 내려간
저의 솔직한 자기소개서를 보니 속이 다 후련합니다.

부디 저를 뽑지 말아주세요.

이불안에서

이불 안에서 생각한다.
내 몸을 감싸고 있는 이불을
언제쯤 사라지게 할 수 있을까?
도대체
나는 언제쯤 눈을 뜰 수 있을까.
나는 언제쯤 들을 수 있을까.
나는 언제쯤 사람답게 살 수 있을까.

꼬깃꼬깃해진 쪽지로
눈물을 닦는다.
그 안에는
'우리 지은이 파이팅.' '잘해낼 수 있어.'
나를 압박하는 글자들이 눈물로 흐리멍덩해진다.

눈물이 흘러 흘러 침대를 다 적시고 나면
이불은 또 나에게 찰싹 달라붙어
더더욱 나를 조르겠지.
언제쯤 아무것도 안 보일 수 있을까.
언제쯤 아무것도 안 들릴 수 있을까.
언제쯤 눈물에 녹아 사라질 수 있을까.

칭찬중독

칭찬주머니에 자꾸만 손이 간다.
칭찬은 너무 달콤해.
나의 고통을 모두 잊을 수 있잖아.
잠깐 뻥을 쳐서라도
거짓말을 해서라도
사기를 쳐서라도 칭찬을 받아야만 해.
어른들은 칭찬을 갈구하는 어린이를
한방에 알아보는 법이지.

Q. 언제부터 그렇게 칭찬에 중독 됐어요?
A. 모르겠어요. 자꾸만 칭찬에 빠져버리는 제 모습을 보고 저도 가끔 섬뜩하지만 다른 사람이 제 칭찬을 뺏어가는 것을 보면 참을 수가 없고 다시 뺏어 먹고 싶어요. 자꾸 자꾸 먹고 싶어. 그러니까 자꾸 자꾸.

Q. 아니, 그래도 그렇지, 어떻게 사람을 죽이는 일을
그렇게 아무 생각 없이 오직 칭찬만을 받기 위해 할 수 있습
니까?
A. 모르겠어요. 고모가 너무 잘했다고 하길래
그냥 괜찮은 줄 알았어요. 살인이 아니라
그저 쓰레기들을 청소하는 거라고 했고요.
그럼 돈도 많이 많이 벌 수 있다고 했어요.
이번 건만 성공하면 이제 더 이상 벌을
주지 않는다고 했어요.
정말이에요. 전 더 이상 고모에게 혼나고 싶지 않아요.

[법원판결문]
[주문]
피고인을 징역 10년에 처한다.

[양형의 이유]
피고인의 살인 범행은 가장 존엄한 가치인 인간의 생명
을 침해한 행위로써
그 이유를 불문하고 절대 용인될 수 없는 범죄이다.
다만, 피고인은 이 사건 범행을 인정하고

오랜 세월 가스라이팅을 당해
심신이 미약한 상태에서 범행한 것으로
이를 유리한 정상으로 참작하고
여러 양형 요소를 종합적으로 고려하여
주문과 같이 형에 처한다.

애늙은이는 어른아이로 큰다

내가 어렸을 때
어떤 어른은 나를 어른스럽다고 대견해하고
참 좋아해줬다. 하지만
어떤 어른은 같은 이유로 나를 싫어했다.
내가 언뜻 애처럼 보이려 애쓰면 애쓸수록
애 같지 않아 보였을까.
그 모습이 기괴했을까.

그들의 눈썹과 눈동자, 광대와 입술이 나한테
초 단위로 징그럽다고 말하고 있었다.

처음 어른의 나이가 되었을 즈음엔
어린 시절의 나의 모습을 떠올리는 것을 참 좋아했다.
많이 참고

눈치 보고
양보하며
그 시절을 견뎌온 내가 자랑스러웠다.
외부로부터 받지 못한 무언가가 있다면
그 모든 것들을 어른이 된 내가
나에게 모두 보상해줄 수 있는 줄 알았다.

하지만 그때보다
조금 더 나이를 먹은 지금의 나, 이 어른은
어릴 때 이유 없이 미움을 받으며
답답해 눈물로 퍼진 그 마음을 가볍게 접어버릴 만큼 나
를 싫어했던 그 어른들처럼 똑같이 어린 나를 경멸하고
있었다.
아이는 아이다워야 한다는 말이
이토록 정답처럼 느껴지는 것은
내가 너무도 어른이 되었기 때문일까.

난 너무 빨리 어른이 된 것이 아니라
남보다 먼저 어른이 된 것이 아니라
그냥 아이와 어른의 순서가 어그러진 것은 아닐까.
이 참담한 기분은 쉽게 사그라들지 않았다.

어른이 된 애늙은이의 마음 속에서
어그러진 아이들이 밀려 나와
나의 마음에 불을 지펴 자신의 존재를 알린다.
진짜 아이였을 때는 "불이야, 불이야!" 하며
소리를 지를 수도 있었겠지만
어른아이인 나는 불이 목 끝까지 차올라도
그저 꿀꺽 꿀꺽 삼키기 바쁠 뿐이다.

얼마나 말하고 싶었을까

나는 내내 외로웠다.
친구들은 이유 없이 체벌 당하지 않았다.
나는 친구들이 본인의 힘든 점을 다른 친구에게
말할 수 있는 것이 부러웠다.

사실 그때 나도 정말 말하고 싶었는데
위로받고 싶었는데
얼마나 말하고 싶었을까, 나는
얼마나 말하고 싶었을까, 어린 나는

하지만 그 어린 나는 알았는지도 모른다.

내가 말을 꺼내자마자 이 내용은 삽시간에 번지고
그동안 말하지 않았던 진실의 타월로

온몸이 벗겨진다는 사실을.
그런 두려움을 안고 사는 아이는
얼마나 말하기 싫었을까.
들어줄 사람은 있었을까.

다름의 끝에 다다르다

다들 마치 어떠한 사건으로, 운명으로
어떻게 이 땅에 이 시대에 이 나라에
서로와 마주하거나, 지나쳐가거나
생각할 수 있는 모든 인간관계를
떠올려 그 필연성을 찾고 싶어 안달이지만,

우린 사실 한 공간 안에서
철저히 다른 세계를 사는 동물이다.

우린 우리의 엄마를 전혀 모른다.
단지 털끝만큼 알고서는
아는 척하고 아는 척 당한다.
엄마의 역할을 하는 엄마만 아는 것도
나에겐 충분히 고통스러운 일이다.

엄마 심연의 씨앗 같은 것은 어느 때는
너무 간단해 보이지만
이제야 올려다본 엄마 나무의 키는
이미 내가 가늠할 수 없을 정도로 커져 있어서
엄마의 씨앗 하나가 궁금해 그 나무를 찾고 싶다면
수많은 나무들로 이루어진 엄마의 숲으로 들어가야 한다.

하지만 우리의 발이 숲에 닿는 순간
실제로 아무런 위협도 위험도 없는 곳에서
알 수 없는 낯섦을 느끼고
들어가기가 두려워진다.
그렇게 우리는 한 발짝씩 물러서게 되고
점점 더 그 세계에서 멀어져 간다.
이미 씨앗 따위를 잊은 지 오래이다.

나도 사실 제멋대로 싹이 트고 자라나서
어디부터 어디까지가 나의 나무이고
숲인지를 찾기 힘들어
그저 눈앞에 보이는 몇 그루의 나무만 보고 산다.
그럼에도 삶은 호락호락하지 않기에 더더욱 그렇다.

가까울수록 많이 알아야 한다는 말은

 너무 허무맹랑하다.

그건 우리를 지겹도록 서로에게 집착하게 만들 뿐이다.

서로가 서로를 버틸 수 있는 것은

어쩌면 나만의 숲을 키워서 감히 남이

넘보지 못하는 낯섦으로

서로를 보호해서 가능한 것이 아닐까.

순수한 화살

너의 화살은
너무나 순수하고 투명해서
내가 화살을 화살이라고 부르기도 미안할 때가 있다.

너의 화살을 받아들이지 못하면
내가 붙잡고 있는 이 현실 세계의 마지막 끈을
결국 놓게 될 것 같아서
오늘도 나는 너에게 내 온몸의 과녁을 활짝 펼친다.

7점 팔과 다리
8점 눈 코 입
9점 머리
10점 심장
사심 없는 너는

흔들림이 없고 정직하다.

그런 정직한 화살들이 나에게 꽂힐 때
난 일그러진 미소로 화답한다.
너를 속이려 이미 구겨진 얼굴을 펴보도록 노력해도
너는 내 수면 위로 올라오는 표정을 기가 막히게 포착한다.

나의 망가져 버린 표정에
너는 서둘러 나를 달래고

그런 너를 눈치 챈 나는
붙잡고 있는 끈의 두께가
얇아지는 것만 같아
연신 고개를 끄덕여 본다.

순수하고 선한 사람을 악인으로 만드는
재주가 있는 나는
그런 나를 경멸하며 오늘도 나의 삶을 뉘우치듯
내 가슴을 열어
내 심장을 펼쳐
너에게 잘 보이도록 나를 드러낸다.

가해자만 모르는 가해자

사람이 모이면 말이 너무 많아지고 부풀려진다.
말만 많아지면 좋겠지만
우리의 마음도 그만큼 부풀려진다.
특히나 모여서 얘기하는 사람들의 타깃이
한 명으로 집중될 때
우리는 왕따놀이를 습관처럼 하던
중학생 때로 돌아간다.

분명 이만큼의 잘못이 아니었는데
분명 이만큼의 분노가 아니었는데
그걸 당사자들도 모르지는 않는 것 같은데
그저 쉬는 시간, 점심시간, 담배 타임, 회식 때

연예인 얘기는 지겹고 어제 본 드라마는 뻔하고
입이 막 근질근질해서 입술을 벅벅 뜯어내고 싶을 때
누군가 한 명, 타깃이 되면
하이에나 떼처럼 달려들어 샅샅이 먹어 치우곤 한다.
그 예쁜 입술에 피가 조금 나도 상관하지 않는다.
그 정도의 에너지 소비는 감수하는 거니까.

하지만 생각해보면
부풀어진 마음에 내가 동화되어서
진실을 못 볼 때가 많다.
왜냐면 우리는 너무 바쁘기 때문이다.
내 삶을 살기도 바쁘고, 퇴근하기 바쁘고
집에 가면 또 부여받은 많은 역할을 연기하느라 바쁘다.
내가 내 마음을 들여다보지 못하게
핸드폰만 들여다보다
눈이 침침해서 껌뻑껌뻑할 때쯤 억지로 핸드폰을 끄고
잠을 잔다.

다음 날 아침, 출근길 지하철에서 뉴스를 보는데,
'30대 직장인 직장 따돌림으로 자택에서 목매 숨져'
라는 타이틀의 제목을 보고는

누구보다 분노하여 뭉그러진 사회를 욕한다.
그렇게 오늘 점심 메뉴는 뉴스에 나온
가해자들로 정해진다.
가해자만 모르는 가해자들은
질겅질겅 감탄하면서 또 다른 가해자를
야무지게 뜯어 댄다.

다만

다만,
피고인이 잘못을 인정하고 반성문을
10번에 걸쳐 제출한 것 등을 고려하여

다만,
피고인이 정신적 심신미약 상태에서
범행을 한 것을 고려하여

다만,
피고인이 우발적으로 범행을 한 것을 고려하여

다만,
피고인이 피해자의 부모와
합의를 했다는 점을 고려하여

다만,
피해자가 피해자가 될 만한
행동을 했다는 점을 고려하여

징역 1년

다만,
집행유예 2년을 선고합니다.

세계 불행 선수권 대회

세계 불행 선수권 대회가 열렸다.

고전적인 불행에는 기아와 가난 등이 있지만

요즘은 시대가 바뀌어 내가 출전한 정서적 불행에서도

순위권 선수가 많이 나오는 추세다.

하지만 몇몇 보수적인 심판진은 정서 라인의 불행을 인

정하지 않는 등

알게 모르게 우리 종목의 선수들을 차별한다.

하지만 심판진도 어디까지나 수치를 기준으로 줄 세울

수밖에 없으니

우리도 예술점수에 목숨을 걸 수밖에 없다.

나의 불행을 어떻게 잘 전달하느냐가 가장 핵심이기에

이를 위한 불행 스피치 학원까지 생겼을 정도이다.

대회에서 순위권에 들면 여러 참가국에서 선수들의 행

복을 위해 다양한 혜택을 준다.
그런데 불행은 참으로 불행인 것이
불행에 뇌가 절여진 삶은
행복 주사 몇 차례 정도로는 좋아지지 않는다.
한차례 짧은 봄이 지나가면
다시금 불행을 증명하기 위한 삶을 살기 시작한다.
내년에 더 좋은 성적을 거두기 위해서 말이다.

내가 겪은 나의 불행으로 세계 1위가 되는 것.
그것을 기뻐해야 할까 슬퍼해야 할까.
이왕 불행한 거 100위 하느니 1위 하겠다고 달려들어야
하는 걸까.
가끔 혼란스럽지만
그럼에도 난 오늘도 스크립트를 열심히 외운다.

'어려서부터 우리 집은 가난했었고
남들 다하는 외식 몇 번 한 적이 없었고
일터에 나가신 어머니 집에 없으면
언제나 혼자서 끓여 먹었던 라면'
이 노래는 한국의 유명한 가수 데뷔곡으로…

고통 사고

내 안에서 뿜어져 나오는 나쁜 기운은
내 차 뒤에서 음주운전을 하고 있는 사람의 기운에
더해지고 있다.

내가 사이드미러로 그 차량을 목격한 순간
나의 몸체는 한없이 구겨진다.
불꽃이 온몸을 타고 흐른다.

고통은 그렇게 사고가 난 것처럼
그 이상으로 나에게 휩쓸려 밀려온다.

시간차 공격을 하기도 하는데
난 엄청난 고통 속에서도
육체가 박살 난 그 상황에서도

모든 것이 내 탓이라고 생각한다.
'넌 왜 운전도 잘 못하면서'
'왜 그 시간에'
'왜 그 장소에'

이러한 사고는 실제 일어난 교통사고보다
나에게 더 큰 고통을 준다.
부서지고 깨진 몸과 그보다 더
큰 고통을 삼키는 나의 사고들.

이제는 음주운전을 한 사람에게도
미안한 마음이 들지도 모르겠다.
이렇게 가다간 내가 살아 숨 쉬고 있는 것
자체로 모든 이에게
죄책감을 가질지도 모르겠다.

파도

그 무엇도 두려운 것이 없는 것처럼
몰아쳐 오더니
결국 부서지는구나.
너도 별반 다르지 않구나.

그리 울부짖으며 찾아오다가
나를 흘깃 보곤 서둘러 돌아가는 것을 보니
너도 내가 싫은가 보다.

너에게 휩쓸린 내 마음이야 넘쳐나지만
결국 난 너에게도 가지 못하고
육지에도 남지 못한 채
이리저리 휘둘리고 변명하다가
어느새 물거품이 되어버리겠지.

네가 다시 나에게로 돌아온다면
그때는 만반의 준비를 하고 너를 맞이할 거야.
그리고 너와 함께
지평선과 맞닿은 저 바다까지
가고 말 거야.

그래, 우리 돌아가지 말자.

이렇게 자유롭게 아무런 저항도 없이
감정도 없이 둥둥 떠다니며
생을 마감하자.

요즘에 다들 우울 하나쯤 가지고 살잖아

다들 그렇잖아.
말을 안 해서 그렇지 다들 비슷해.
특별히 유난 떤다고 말하기엔 좀 그렇지만
그래도 쟤는 너무 과한 것 같더라.

우리 중에 우울 하나쯤 없는 사람이 어디 있어.
그래도 다들 참고 사는 거지.
아참, 생각해보면 정말 웃긴 것 같아 .
어떨 때 보면 되게 밝고, 사람들이랑도 잘 지내잖아.
괜히 이번에 좀 힘든 부서 갔다고 시위하는 거 아니야?

아니 뭐, 개인 사정이 있을 수도 있지만
갑자기 번아웃이 와서 이렇게 갑자기 휴직을 한다고?

그럼 남은 팀원들 힘든 건 생각을 안 하나?

요즘 애들이 이렇다니까 진짜 자기밖에 몰라.

얼마나 이기적인지

.

.

.

.

그 직원은 휴직상태에서 복귀하지 못했으며

우울증이 악화되어 폐쇄병동에 입원하였습니다.

그러자 사람들은 다시 떠들어댔습니다.

내가 그때 말했잖아, 내가 촉이 좀 좋잖아.

사람이 진짜 쎄했다니까.

역시 안 돌아올 줄 알았어. 어휴 소름 끼쳐.

진짜 헤드 빙빙 된 거 아니야?

(손가락으로 머리통 옆을 빙빙 돌리며)

피해자의 피해자

사람들은 보통 본인이 피해자가 되었던 사건만
선명히 기억한다.
가해자들이 들고 있던 돌로 맞았으므로 당연하다.
하지만 모든 사람의 상처의 크기만큼
피해자들의 수만큼 가해자들도 있을 테고
가해자들 중에는 분명히 나도 있을 텐데
내가 상처를 준 사람은 선명히 기억이 나지 않는다.

무심코 던진 돌에 개구리가 죽는다는데
나는 개구리가 누군지 얼마나 다쳤는지를 외면한다
나의 상처를 돌보느라 받은 스트레스를 해소하려
얼마나 많은 돌을 던져 왔던가.
그냥. 재미로. 이유 없이. 마구마구.

나에게 별일이 아니었는지도 모른다.
나에게 별 뜻이 없었는지도 모른다.

사람인지라 그럴 수도 있겠지만
사람인지라 한 번 더 생각해야 한다.
어쩐지 마음이 거북하고 이상한 날이라면
물어봐야 한다. 그래야만 한다.

오늘의 난 누구를 아프게 했나.
누구의 마음을 쪼아서 찢어놓았나.
그런 상처를 주고도 왜 기억하지도 못하는가.

방화범

즐거울 땐 웃을 줄 알아야 하고
슬플 땐 엉엉 울 줄도 알아야 하고
화가 날 땐 화낼 줄도 알아야 한다.
그런데 우리는 유독 화를 참아 참사를 만든다.
화를 꾸역꾸역 참아내다가 본인 마음에 화를 키워
기어코 집에 불을 내고 만다.

작은 불에서 금방 큰 불로 번진다.
연기는 온 집안에 삽시간으로 퍼져
가족들이 콜록 콜록대며 고통스러워한다.
심할 땐 화상을 입기도 한다.

가족들의 그런 모습을 보면
당사자는 더 화가 난다.

난 열심히 밖에서 참아냈는데
결과는 가정 방화범이니 말이다.

모두가 나의 잘못이라 말을 한다.
하지만 이상하게 울컥 올라오는 서러움에
남은 연기를 모두 마셔 나의 마음에 독을 피운다.

이제 나는 독버섯이다.
나는 나에게도 남에게도 해로운 존재다.

독버섯은 누구에게도 참지 않는다.
잃을 것이 아무것도 없기 때문이다.

한 가지 소원이 있다면
누가 나를 마음껏 씹어 먹어서
나의 존재를 없애주는 것이다.

꾀병

내가 진단받은 병이
그저 정신계 질환 중 흔한 병이라고
믿고 싶을 때도 있지만
나는 안다, 그것이 모두 꾀병이라는 것을.

어쩌면 피해자의 자리에서
그 고귀한 자리에서
나의 말과 행동으로 다른 사람들에게
영향을 끼치고 싶어서
가끔은 말을 과장하고 없는 이야기를 지어낸다.

좀 더 그럴싸하게 좀 더 불쌍하게 좀 더 짠하게
그럴수록 사람들은 나를 세상에서
가장 가엾은 아이로 봤고,

그럼에도 삶을 지속해온 용기 있는 아이로 보았다.
그리고 우선순위의 기회가 주어졌다.

나는 그것을 모르는 척 잘 받아들이곤 불안에 떨었다.
'언젠가 나의 꾀병을 모두가 알게 될 텐데
그땐 어떻게 되는 거지?'

사람들은 모두 나의 병을 걱정하고,
나를 응원하고 있지만
나는 안다, 그것이 모두 꾀병이라는 것을.
꾀병이라고 믿는 내가 또 하나의 정신계 질환이라면
나는 엄청난 정신병에 걸린 것일 테지만
나는 안다, 그것이 모두 그저 꾀병이라는 것을.

이제는 꾀병을 부리는 내가 커져서
꾀병을 부리지 않는 내가 누군지도 모르지만
나는 안다, 이 모든 것이 나의 장난이라는 것을.
언제고 내가 원할 때 끝낼 수 있는
나의 위험한 장난이라는 것을.

엑스레이로 CT로 내시경으로는 알 수 없는

어쩌면 나의 말과 행동으로 모든 진단이
이뤄졌을 나의 질환명들.
어쩌면 처음부터 모든 게 거짓말이었는지도 모른다.
나는 꾀병을 부리다 이 지경까지 왔는지도 모른다.

그래서 언젠가 내가 이 지겨운 연극을
끝내고 싶을 때 장막을 열고
모든 게 다 몰래카메라였다고
누구를 어떻게 속이려고 했는지 나도 잘 모르겠지만
그냥 그렇게 되었다고, 모두 수고 많았다고.
난 이제부터 꾀병 부리지 않고 정상인의 삶을
살 것이라고 선언하는 날이 올 것이다.
기대하시라.

제 3장

여기까지 오셨군요

온전히, 사람

오늘의 나는 어딘가에 또 구멍을 냈고
그 구멍을 채우기도 전에
다시 새로운 구멍을 만드는 일을 저질렀다.
반복적인 상황은 나를 점점 지치고
피곤하게 만들었지만
그 피로가 나를 잠에 들게끔 도와주진 않았다.
불면의 밤들은 계속되었고
그 무엇도 위로가 되지 않았다.

그러나 그러한 수많은 밤들이
나를 괴롭힌 그 새벽의 헛헛한 시간들이
나의 죄책감, 고뇌와 참회가
나를 또 온전히 다시 사람으로 만들어냈다.

다시 한번 생각해 보면
사실 그날의 나는 아침 숨을 내쉬었고
늘어지는 마음을 달래서 일터에 나갔고
구멍을 냈지만 구멍을 메우는 일도 했다.
그 실수가 온전히 내 탓은 아니었지만
남 탓을 하지 않고 받아들이고 수정했다.
퇴근길 나에게만 은근히 불친절한 것 같은
올리브영 직원을 참아냈고,
지하철 임산부 뱃지를 모른척하지 않았다.

집에 도착하자마자 침대로 점프하며
아무것도, 아무 생각도 하고 싶지 않았지만
하루 종일 나와의 산책만 기다린 작은 친구를 위해
나는 또다시 밖으로 나섰고
그 친구를 따라 신나게 달렸다.

하루의 끝 짧지만 간절했던 행복의 순간이었다.
나는 온전히, 사람이었다.

삶의 용기

내가 그동안 배웠던 용기는
남다른 용감함을 타고난 사람들의 이야기였다.
그들은 자신의 용감함을 언제든지 꺼내 쓸 수 있게
용기를 챔피언 벨트처럼 옆구리에 두르고
그런 자신을 뽐내듯이 하늘을 날아다닌다.

하지만 내가 경험한 용기는 오히려 그 반대이다.

용기가 필요한 일에는 그 이상의 두려움이 존재하는데
그럼에도 불구하고 몸과 마음을 부들부들 떨면서 걸어
간다.
멋지게 착지하기는커녕 우스꽝스럽게 넘어지고
옷이 찢어지는 바람에 뱃살이 훤히 보여
포기하고 싶은 마음이 수십 번 반복되어도

결국 너덜너덜해진 그 옷을 부여잡고
다시 기어가는 것이
내가 삶에서 배운 진짜 용기이다.

선한 일을 하는 것에도 부당한 일에 맞서는 것에도
당연히 용기가 필요하지만
개인적으로 내가 나로서 살 수 있도록 하는 데에도
많은 용기가 필요하다.

매번 용기를 쥐어짜 낼 수는 없지만
나를 구조할 사람이 나밖에 없을 때
유리 바닥을 걷는 나의 마음을 스스로 달래는 것
너무 큰 상처엔 엉엉 소리 내며 울어내는 것
진실한 마음으로 내 모든 것을 나에게 이야기 하는 것
나의 거짓된 모습을 흐린 눈으로 보지 않는 것

그것이 내가 삶에서 배운 진짜 용기이다.

그 여자

내가 그때 당신에게 했던 말은
진심이었어요.
나를 떠나지 말라고,
만약에 떠날 거면 나도 데려가 달라고 했죠.
난 몇 번이고 당신 손을 잡고 약속해달라고 했어요.

근데 그때 당신의 표정이 기억나지 않아요.
기억이 난다고 기억하고 살았는데
막상 그 얼굴을 그리려 하면 눈 코 입 어느 하나도 제대
로 그릴 수가 없어요.
새끼손가락을 걸고 엄지로 도장을 찍은 약속 안에
온전히 진심만 담긴 것은 아니라는 것을
어쩌면 어린 나는 처음부터 알았는지도 몰라요.
그때의 나는 당신의 표정이 세상에서

제일 어려웠겠어요.

기억도 하지 못할 만큼이요.

내가 그 표정을 이해할 나이쯤이 됐을 땐

나는 당신의 표정을 모른 척하고 살았고

당신은 그런 나의 모습을 모르며 살아왔죠.

잘잘못을 따지기엔

우리 같이 견뎌낸 시간이 너무 길어요.

그렇다고 당신을 선뜻 용서하기엔

내가 상처가 너무 많아요.

나는 조금 더 보호받았어야 했던 게 맞아요.

나는 조금 더 존중받았어야 했던 게 맞아요.

그럼에도 불구하고

당신은 나에게 인생을 가르쳐줬어요.

당신은 나를 밝은 아이로 자라게 해줬어요.

당신은 내가 지금까지 살아있을 수 있게 버텨줬어요.

내 마음 안에 너무 엉켜버린 실타래가

쉽사리 풀릴 것 같진 않아요.
하지만 우린 또 삶을 같이 살아야 하기에
나는 당신에 대한 마음을 잠시나마 매듭짓습니다.

나는 당신을 보호할 것입니다.
나는 당신을 존중할 것입니다.
그럼에도 불구하고

산

당신은 산이다.
당신의 사람들이 아플 때
더욱더 자라나 우뚝 솟아나서 그들을 지키는 산이다.
많은 것을 품을 줄 아는 그런 산이다.

하지만 그런 강한 산도
산불이 크게 나기도 하고
약한 불씨가 꺼지지 않은 채로 자신을 잃어가기도 하고
산사태로 인해 자신의 몸이 일부 해체되기도 한다.

이젠 다 타버리기 직전인 당신을
지금껏 당신이 감싸 안았던 그 모든 것들이
보듬어 안아줄 차례다.
그렇다면

지겹도록 당신을 괴롭혔던 화재의 시발점은
자연이 회복하듯 그렇게 진화되어 나갈 것이다.

불변의 불면증

시간은
사람에 따라 상황에 따라
천차만별 다르게 흘러가는데
예외가 있다면
잠 못 이루는 시간은
누구에게나 절대적으로 흐른다.

부자도 가난한 자도
유명한 자도 유명해지려는 자도
직위를 지키려는 자도 직위를 무너뜨리는 자도
모두 그러하다.

만약 불면증 치료제가 너무 비싸서
절대 소수만 치료가 가능했다면

나는 불면증을 더 비참하게 느꼈을 것이다.
비교는 이렇게도 안 좋은데
비교는 이렇게 또 나를 위로한다.

하지만 어쩔 수 없다.
우리는 생의 마지막까지 비교 안에서 살아갈 것이며
나와 같은 이유로 마음이 깨진 사람의 말에서
위로를 찾을 것이다.

내가 오랫동안 좋아한 가수가
어떤 노력을 해도 불면증을 어찌할 수가 없어서
그것에 수긍해보려 한다는 것이 내 마음에 다행이다 싶
은 것은 그 사람이 불행하기를 바라는 것이 아니다.

말로 표현하지 못한 깨진 마음들이
퍼즐처럼 맞춰지는 것은
접착제가 아니라
깨진 조각들의 끈끈한 공감 덕분이다.

비교 안에서 동지를 얻어

위로를 주고받고 서로를 응원하며
내일의 불면증에 조금 더 너그러워지는 것.

변하지 않는 건 불면증이지만
변했다고 느끼는 건 불면증을 대하는 태도이다.

세상에서 가장 불쌍한 고양이

새끼 고양이가 어미를 잃어버렸는지
어미가 새끼 고양이를 잊어버렸는지
작은 케이지 안에서 서럽게 울고 있는 너를
나는 안았다.
아이고 서럽고 서러워라.
따스한 품이 그리웠던 걸까.
너는 금세 내 팔 안쪽에 코를 박은 채로 잠이 들었다.

너무 예쁘고 사랑스러운 너를
너희 엄마는 왜 놓쳤을까.
그 엄마에게도 사정이 있었을까.
그 사정이 얼마나 크든 작든
네가 이렇게 케이지에 남겨져 있다는 사실이
너의 존재가치를 손끝만큼도 훼손할 수는 없단다.

네가 형제 중 유난히 약한 아이였을지라도
너는 나에게 다시 인생을 살고 싶게 만든 존재다.
너의 작은 행동 하나하나가 나의 기쁨이 되어
텅 비어있던 나를 다시 채웠고,
내가 채워진 만큼 다시 너를 위해 하루를 살았다.

주치의가 내 이야기를 듣더니,
고양이의 품종이 어떻고 성격이 어떻고를 떠나서
고양이 존재 자체를 가치롭게 받아들인 것 같아
다행이라고 했다.
선생님은 좀 더 나아가서는 그 따뜻한 시선을
나에게 적용해 보라고 했다.

"새끼 고양이와 마찬가지로
나는 내 외모와 성격이 어떻든 그 존재 자체로 가치롭다.
어린 나도 그렇고 지금의 나도 그렇고 앞으로도 그렇다."

그동안 정작 나는 스스로를 따뜻하게 보지 못했다.
평생을 그랬다.
나는 왜 스스로를 그토록 못살게 굴었을까.
나는 이 간단한 진리를 너무 늦게 알아버린 것 같아

어린아이처럼 엉엉 울었다.

기쁨의 눈물이었다.

나는 세상에서 가장 불쌍한 고양이를 살렸고

그 고양이는 세상에서 가장 불쌍한 인간을 살린 셈이었다.

선·의

나의 선의로 너의 선을 넘다.

나는 선의란 마음으로 진심이란 내 마음만으로
너의 분명한 경고선도 무시한 채
열심히 달려 마지막 능선을 넘어 결국
너의 산에 도착하고 만다.

나는 산에 매몰되어 있던 너를 살렸다며
내 멋대로 기뻐하며 안도했는데
어쩌면 넌 살려달라고 외친 게 아니라
좀 내버려 두라고 외친 걸지도 모르겠다.

나는 선의라는 빛깔에 취해서
나의 좋은 의도를 알아달라며 너에게 말을 건다.

너는 이런 나에게 진절머리가 난다는 듯한
표정을 지어 보이곤
아무 말 없이 다른 산을 찾아 떠나가 버렸다.

얼마 후
너는 그 산의 일부가 되었다는 소식을 전했다.
나에게 남겨진 것은 쪽지 한 장.
그것 네가 나에게 보낸 처음이자 마지막 선의였다.

"선 안의 수많은 점의 의미도 볼 수 있기를"

새벽으로 가는 바다

아무리 노력해도
뜻하지 않은 밤은 찾아오기 마련이고
그럴 땐 꿈에서도 보지 못한 나의 무의식의
정체가 드러난다.
그것이 우리를 텅 빈 마음 끝으로 떠밀어 흘려보내고
우리는 어떻게든 그것에 잠기지 않으려 목을 쳐들지만
결국 내 몸과 마음이 다 잠기고 나서야
오늘의 끝에서 내일로 넘어갈 준비를 할 수 있다.

지친 나는 그저 나를 놔버린다.
그 흐름의 물줄기 사이로 내가 점점 가라앉으니 시야가
흐려지고 귀가 멍멍해진다.

나를 고뇌하게 하는 무언가.

그것이 무엇이든 미리 한계가 설정되지 않는 것으로
무한대로 무한의 길로
흘러 흘러 강으로 바다로
그리고 망망대해로 둥둥 떠다닐 것이다.

어쩌면 우린 이 시간을 기다려 왔는지도 모른다.
애써 보낸 하루의 종착점.
참지 않는 생각은 부질없다며
나를 무시하고 나를 참고 나를 기다리다
결국 이 새벽 바다에 도착 한 것이다.

외롭기만 했던 새벽
공허하기만 했던 새벽
혹은 내가 그렇게만
기억하고 싶어 했는지도 모르는 새벽
언제나 나를 인내해온 새벽
지친 나에게 말없이 시공간을 내어주던 새벽.

너무 많은 자아들에 질려버린 나머지
무작정 도망쳐 나왔지만
너무 순박해서 더 무서운 새벽 바다 앞에서

너희들을 다시 만나 얼마나 다행이었는지 모른다.
우린 한동안 말없이 새벽 바다의 바람을 맞으며
서로를 용서하고 화해한다.

그리고 손을 꽉 잡은 채로 다시 한 번 내일을 맞이한다.

웃음꽃

웃음 꽃씨가 구름에 바람에 꿀벌을 타고
신나게 하늘을 비행하다가
마을버스 노선에 맞춰 삼삼오오 착륙한다.

정류장 의자 밑 갈라진 보도블럭 사이에서
그 옆에 덩치 큰 가로수에게 자리를 빌려서
싹을 틔우고 웃음꽃이 된다.

이리 치이고 저리 치이는 하루를 보내고 서 있는
당신의 굳어버린 얼굴에 웃음꽃을 피우겠다.
혹여 당신이 나를 보지 못한 채 지나갈 때도
당신의 얼굴이 말랑말랑해지는 상상을 하며 열심히 피
어나겠다.

그러다 가끔 깊은 한숨과 함께 버스를 기다리는 날
당신은 그저 나를 쳐다보기만 하면 된다.

조언

한때는 부끄러움이 유행이었고
한때는 솔직함이 대세였고
지금은 위로가 세상을 지배한다.
하지만 위로뿐인 세상에서는 그 누구도 나서서
조언하려 하지 않는다.
나 또한 그렇다.

'조언'이라는 말 자체가
'꼰대스러움'과 함께 혐오의 단어가 된 것 같기도 하다.

하지만 서로를 향해 위로만 하는 세상에는
언제나 달콤한 무기력이 동반된다.
물론 그 와중에도 자신만의 세계를 견고히 구축하는 사
람도 있지만

나처럼 그 위로의 말에 너무 취해서
비틀비틀대다가 결국엔 고꾸라지는 사람도 있다.

지나친 조언은 독이 되고,
지나친 위로는 중독이 된다.

위로를 먹고 겨우 살아가는 사람들에게 위로의 기술은
점점 더 디테일해지는데
그 누구보다 객관성을 유지하는 척하면서도 아주 주관
적으로 그들을 달래야 한다.
그러고선 쉬운 말들을 반복하면 그만이다.

그렇기 때문에 아무도 나서지 않으려고 하는
진심을 담은 조언은 정말 귀한 것이다.

귀한 그 말을 할 수 있는 자,
주변에 있는가.
귀한 그 말을 아니꼽게 듣지 않을 자,
내 안에 있는가.

운의 만류동등법칙

 너는 얘기하지.
너에겐 운까지 안 따라준다고.
일주일에도 몇 명씩 로또 1등이
쏟아져 나오는데 말이야.
학창 시절 유난히 운이 좋은 애가
시험을 잘 찍어 널 뛰어넘었을 때의
그 억울함이 생각나면서 말이야.

하지만 그렇지 않아.
믿기지 않겠지만 운은 모두의 일생에
걸쳐 똑같이 적용돼.
그게 바로 운의 만류동등법칙이지.
어떤 사람의 것은 눈에 선명히 보이지만
어떤 사람의 것은 눈에 전혀 보이지 않아.

또 시기가 촘촘히 몰려올 수도 있고
골고루 분배되어
자신의 운을 한 번도 눈치 채지 못하고
죽음을 맞이할 수도 있어.

그렇게 다른 거야.
우리의 생김새가 모두 다르듯
운의 생김새가 다른 거지.
그것뿐이야.

그래서 눈에 보이는 것에만
집착하다 보면
그 외의 것은 하찮게 보이는 거야.
그렇다고
눈에 보이지 않는 게
눈에 보이는 것보다 작은 것들도 아냐.
너는 매일 행운으로 살아갈 수도 있어.

너는 매번 사고를 피해가는 행운을
가진 사람일 수 있어.
네가 눈치도 채지 못하게 말이야.

사고를 당할 때
그 두려움, 공포도 알 필요 없이 말이야.

너는 좋은 사람들이 네 주위에 많이
모이는 행운을 가진 사람일 수 있어.
주변에 사람이 없어 결국 목숨을 끊고 마는
그 두려움과 공포도 알 필요 없이 말이야.

과연 이것들이 로또 1등보다
하찮은 것들일까?

나는 오히려 내 운이
한곳에 몰리지 않았으면 해.
또 되도록 내 눈에 보이지 않아서
내가 눈치를 채지 못했으면 해.

설령 그것 때문에 내가 가끔 속상하더라도
나의 행운은
내 인생 적시적소에 내가 모르게 도와주는
참 괜찮은 마니또 정도였으면 해.

그러니까

행운은 언제나 당신 곁에 있었다는 것을
잊지 않으면 좋겠어.
불운하다고 불평할 때도 조용한 행운은
당신을 지키고 있으니 말이야.

당신의 아이

끝나지 않을 것 같던
내 마음의 빙하기가
당신의 품이 너무 따뜻해서 스르르 녹아버렸다.

몇 번의 태양을 경험했을 때와 달리
당신의 따스함은 아주 긴 시간 동안 이루어졌다.
그렇게 당신은 나에게 스몄고,
나는 더 이상 태양에게
따뜻한 온기를 구걸하지 않아도 된다는 것을 깨달았다.

태양이 나쁜 마음을 먹고
온 지구를 다 녹여버린다고 하더라도
만약에 내가 여기에 다시 태어날 수 있다면
당신의 아이로 태어나고 싶다는 생각을 했다.

당신이 내게 보여준 믿음은 너무 단단해서
몇 번의 생을 거쳐도 내 안에 남아 있을 테니
마침내 태아가 부모를 선택할 수 있는
그런 믿기지 않는 날이 온다면
반드시 당신에게 가겠다.

난 당신에게 온전히 맡겨져
천천히 아주 천천히
너무 빠르다 싶으면
다시 되감기를 해서라도 천천히
사랑을 받을 것이다.

사랑을 받은 기억으로
그 사랑이 쉽게 온 사랑이 아니라는 철학으로
한 개인이 될 것이다.
한 어른이 될 것이다.

방구석 날씨 예보

이번 주말 실내 말고 밖으로
외출해 보시는 건 어떠신가요?
(아직 밖으로 나오기엔 힘드시죠?)

봄의 시작을 알리는 절기인 입춘에 맞춰서
추위는 점차 풀릴 것으로 보이는데요.
(너무 조급할 필요가 없어요. 봄은 또 옵니다.
또 오고 또 와요. 겨울이 지나가는 때는 사람마다 다를
수 있어요. 괜찮아요.)

내일 아침까지는 오늘만큼 춥겠지만 낮부터는 기온이
오름세로 돌아서겠습니다.
(내 우울이, 내 기분이 변하는 데는 정말 많은 노력이 필
요하지만, 가끔은 어떤 작은 변화에도 갑자기 나빠지거

나, 괜찮아질 때도 있어요. 항상 변덕을 부리는 날씨처럼요.)

**또 새벽부터 아침 사이 내륙을 중심으로 가시거리 1km
미만의 안개가 끼는 곳도 있겠는데요.
아침 출근길 차간 거리를 유지해
안전운전 하시길 바랍니다.**
(안개 때문에 주변이 잘 보이지 않듯
당신의 마음속에서 만들어낸 안개 때문에
당신을 지켜줄 주변 사람들이
잘 안 보이는 걸지도 몰라요.
 지금 당장은 많이 불안하겠지만,
어느새 안개가 걷히고 나면 언제 그랬냐는 듯
모든 것이 제자리로 돌아갈 거예요.
그때 하늘을 올려다보면 무지개가 떠 있을지도 몰라요.)

지금까지 기상청 오늘 날씨였습니다.
(지금까지 방구석 오늘 날씨였습니다.)

불안_ 도착지까지

너의 불안은 도착지까지 함께 한다
도착지는 불안 없이 도달할 수 없으니
어디 불안 없이 한 단계라도 나아갔던 적이 있었나
그러니
그 불안 이겨내지도 말고
부정하지도 말라
불안하지 않은 자, 결코 도착지에
도달할 수 없으니
너의 불안을 용서하라
아니, 너의 불안을 미워한 너를 용서하라

불안이 춤추는 바람에
여기까지 오셨군요

ⓒ 이지은

초판 1쇄 인쇄 2024년 4월 10일

발행일 2024년 04월 26일

지은이 이지은

발행처 인디펍

발행인 민승원

출판등록 2019년 01월 28일 제2019-8호

전자우편 cs@indiepub.kr

대표전화 070-8848-8004

팩스 0303-3444-7982

작가 이메일
euezuga@naver.com

인스타그램
@clouddungdung

정가 12,000원

ISBN 979-11-6756518-1 (03810)